MAGIA con Monedas

Jon Day

Ilustrado por
Chis Fisher
Traducido y adaptado por
Araceli Ramos

Indice

PUBLICACIONES FHER, S. A.
VILLABASO, 9 - BILBAO ESPAÑA

Todo sobre magia con monedas

Con este libro aprenderás a hacer trece juegos de magia con monedas. En estas dos primeras páginas tienes algunos consejos que te ayudarán a convertirte en un auténtico mago.

No es necesario que te disfraces para hacer magia, pero si te pones una **capa** y un **sombrero**, tu representación resultará más espectacular y divertida.

Recuerda: los **bolsillos** son muy importantes para un mago. Ponte ropa que tenga bolsillos grandes y fácilmente accesibles.

Para algunos trucos necesitarás **cosas** como cinta adhesiva, gomas, tijeras, etc. Al principio de cada truco hay una lista de las cosas necesarias.

Pero lo que más necesitas es **práctica**. Ensaya los trucos una y otra vez antes de hacerlos en público.

Normalmente los trucos están explicados desde el punto de vista de una persona diestra. Si eres zurdo, adapta las instrucciones a tu caso y haz los trucos de la manera que te sea más cómoda.

Ensaya los juegos delante de un espejo para que puedas verlos "desde el punto de vista del público".

Los juegos de magia con monedas son muy divertidos. Si aprendes los trucos de este libro sabrás hacer que desaparezca el dinero, que cambie de valor o que se multiplique. A todo el mundo le interesa el dinero, así que no te será difícil lograr la atención del público.

Las **monedas** no suelen estar muy limpias, así que no te las acerques a la boca y lávate las manos después de tocarlas.

Un instrumento fundamental es un "**pasa-monedas**". En la página 24 aprenderás cómo se fabrica.

Consejos

1. Los trucos con monedas resultan más efectivos si usas monedas del público. Así todo el mundo sabe que no estás usando monedas trucadas y se sorprenderán más de tus habilidades.

2. Antes de empezar, asegúrate de que todo está en su sitio.

3. ¡Nunca desveles tus secretos! Y no repitas el mismo juego, porque alguien se podría dar cuenta del truco.

¿Dónde está la moneda?

Cosas que necesitas:

cualquier moneda

Deja caer una moneda al suelo y ¡hazla desaparecer en el aire!

Presentación

Este truco tan simple resulta muy convincente cuando se hace bien. ¡Ensáyalo mucho!

1. Muestra la moneda al público y haz como si se te cayera al suelo.

2. Todos se reirán de ti. Mientras pides disculpas agáchate a cogerla.

3. Dale rápidamente y con disimulo un golpecito y métela debajo de tu zapato.

4. Levántate con la mano cerrada, como si la hubieras cogido, haz unos movimientos mágicos y abre la mano... ¡la moneda ha desaparecido!

El pase mágico

Cosas que necesitas:

una moneda pequeña   una caja de cerillas

Haz desaparecer una moneda dentro de una caja de cerillas.

Presentación

Practica este truco, que es muy fácil de hacer, hasta que te salga perfecto.

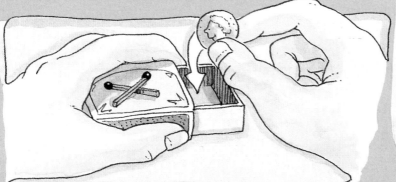

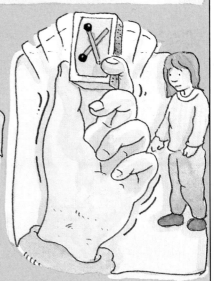

1. Muestra bien a todos que la caja está vacía. Pide a alguien del público que meta una moneda dentro. Cierra la caja y cógela entre el índice y el pulgar como se indica en el dibujo, con la palma hacia ti.

2. Mueve la caja para que todos puedan oír la moneda.

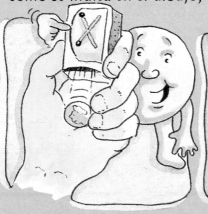

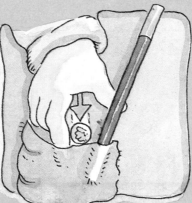

3. Aprieta los lados de la caja para que se abra un poco, y deja caer la moneda en la palma de tu mano.

4. Pon la caja sobre la mesa y coge la varita mágica del bolsillo, ocultando al mismo tiempo la moneda.

5. Haz unos pases mágicos con tu varita sobre la caja y pide a alguien que la abra… ¡Está vacía!

El pañuelo mágico

Cosas que necesitas:

una goma pequeña

un trozo de adhesivo o de cinta adhesiva por las dos caras

un pañuelo o un trozo de tela

Dos formas fáciles de hacer desaparecer una moneda con un pañuelo.

Presentación

Forma 1

1. Esconde la goma en tu mano derecha.

2. Cúbrete la mano con el pañuelo. Mientras lo haces, mete el pulgar, el índice y el corazón por la goma.

3. Pide una moneda al público y apriétala sobre el pañuelo, asegurándote de que lo haces en el círculo formado por la goma.

4. Saca los dedos de la goma y ésta se cerrará atrapando la moneda. Entonces agita el pañuelo... ¡La moneda ha desaparecido!

La moneda se queda por detrás en este bulto

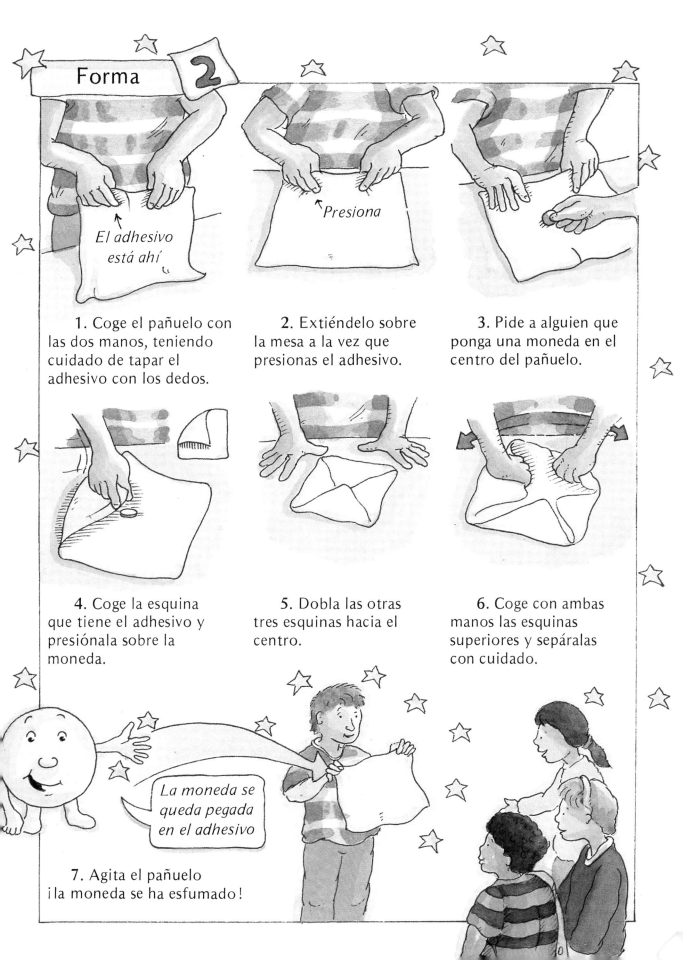

Forma 2

El adhesivo está ahí

Presiona

1. Coge el pañuelo con las dos manos, teniendo cuidado de tapar el adhesivo con los dedos.

2. Extiéndelo sobre la mesa a la vez que presionas el adhesivo.

3. Pide a alguien que ponga una moneda en el centro del pañuelo.

4. Coge la esquina que tiene el adhesivo y presiónala sobre la moneda.

5. Dobla las otras tres esquinas hacia el centro.

6. Coge con ambas manos las esquinas superiores y sepáralas con cuidado.

La moneda se queda pegada en el adhesivo

7. Agita el pañuelo ¡la moneda se ha esfumado!

Un truco sencillo

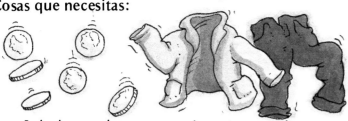

un puñado de monedas   una chaqueta o pantalones con bolsillos

¡Este truco es tan simple que tienes que ser muy atrevido para hacerlo!

Presentación

Empieza con las monedas en tu bolsillo derecho y practica los siguientes movimientos una y otra vez.

1. Saca las monedas del bolsillo y sujétalas con la mano derecha como se indica en el dibujo.

Siempre con el dorso de la mano hacia la audiencia

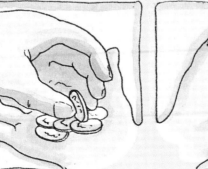

2. Coge una de las monedas con la mano izquierda.

3. Cierra la mano izquierda y **al mismo tiempo** vuelve a poner las monedas en el bolsillo.

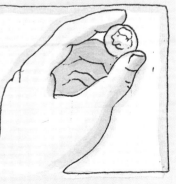

4. Abre la mano izquierda y enseña la moneda.

> *Practica los cuatro movimientos de la página anterior hasta que los hagas con toda naturalidad. Entonces ya puedes hacer el truco.*

Realización

1. Cuando vayas a hacer el truco en público haz todos los movimientos de antes, pero con una gran diferencia ¡**no cojas la moneda**!

2. Coge las monedas con la mano derecha, pero cuando llegues al punto 2, **haz como si la cogieras, pero no la cojas**!

*Como todos **creen** que tienes una moneda en la mano izquierda, puedes hacerla "desaparecer" de la forma que quieras. ¿Por qué no inventas tus propios trucos?*

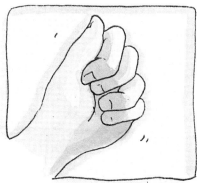

3. Cierra la mano y muéstrala al público como si la moneda estuviera allí.

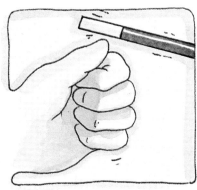

4. Después date unos golpecitos en la mano con la varita mágica y abre la mano... ¡no hay nada!

Multiplica tu dinero

Cosas que necesitas:

doce monedas
pequeñas iguales

una bolsa de papel

un diccionario
de pastas duras

Mete seis monedas en
una bolsa vacía y...
¡saca el doble!

Preparación

1. Abre el diccionario más o menos
por la mitad, verás que entre el lomo
y las páginas se forma un hueco.

*Esconde
las monedas
aquí*

2. Mete en ese hueco
seis de las monedas. Al
cerrar el diccionario
quedarán sujetas dentro.

Realización

1. Pregunta a tus amigos qué
significa la palabra magia y di que la
vas a buscar en el diccionario. Cógelo
y busca "magia", que estará más o
menos por la mitad.

2. Lee la definición
en voz alta y diles que
la fuerza de la palabra
hará que se multiplique
el dinero.

3. Pon las seis monedas restantes sobre las páginas abiertas del libro y muéstraselas al público.

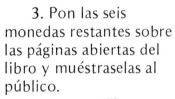

4. Abre la bolsa de papel, enseña que está vacía, di unas palabras mágicas o haz unos pases de varita, y echa las monedas dentro.

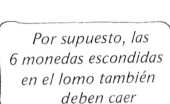

Por supuesto, las 6 monedas escondidas en el lomo también deben caer

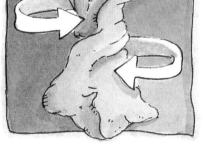

5. Cierra la bolsa retorciendo el papel, y entrégasela a alguien del público.

6. Pídele que abra la bolsa y que cuente las monedas. ¡Para sorpresa de todos, encontrará el doble de monedas!

El lápiz taladro

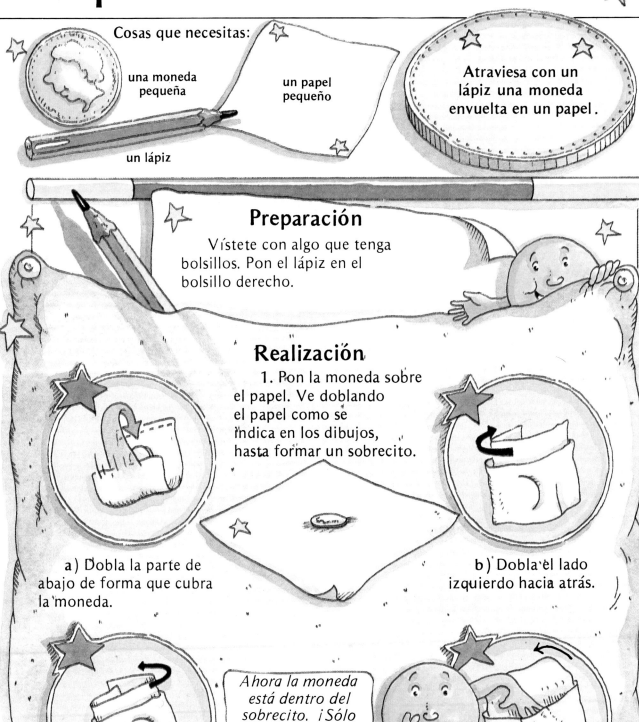

Cosas que necesitas:

una moneda pequeña

un papel pequeño

un lápiz

Atraviesa con un lápiz una moneda envuelta en un papel.

Preparación

Vístete con algo que tenga bolsillos. Pon el lápiz en el bolsillo derecho.

Realización

1. Pon la moneda sobre el papel. Ve doblando el papel como se indica en los dibujos, hasta formar un sobrecito.

a) Dobla la parte de abajo de forma que cubra la moneda.

b) Dobla el lado izquierdo hacia atrás.

Ahora la moneda está dentro del sobrecito. ¡Sólo tú sabes que está abierto por arriba!

c) Haz lo mismo con el lado derecho.

d) Dobla la solapa superior hacia atrás, de forma que el sobre quede abierto.

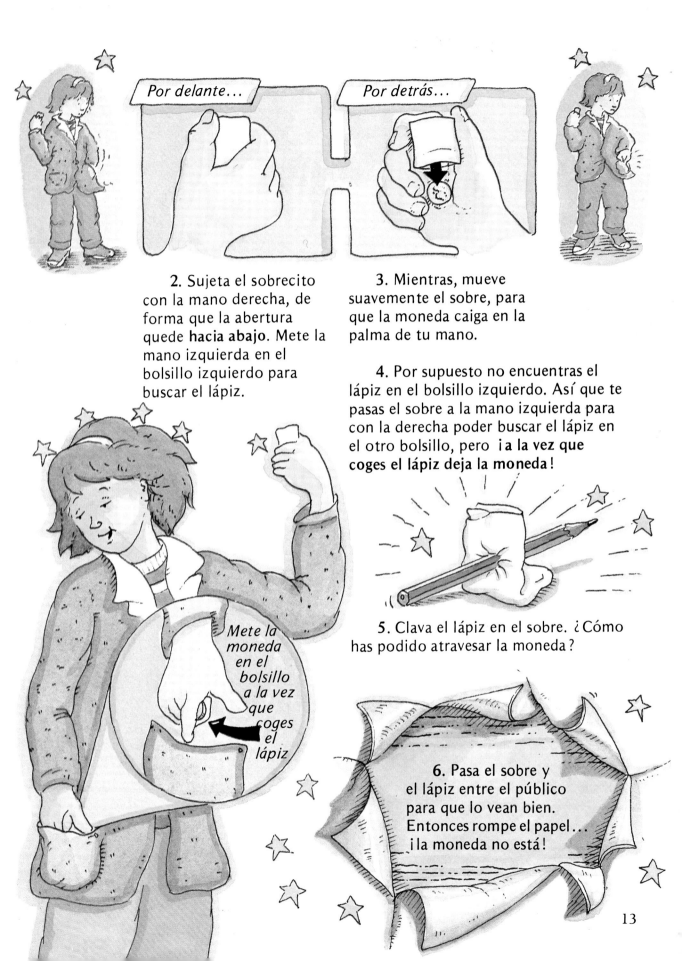

Por delante…

Por detrás…

2. Sujeta el sobrecito con la mano derecha, de forma que la abertura quede **hacia abajo**. Mete la mano izquierda en el bolsillo izquierdo para buscar el lápiz.

3. Mientras, mueve suavemente el sobre, para que la moneda caiga en la palma de tu mano.

4. Por supuesto no encuentras el lápiz en el bolsillo izquierdo. Así que te pasas el sobre a la mano izquierda para con la derecha poder buscar el lápiz en el otro bolsillo, pero **¡a la vez que coges el lápiz deja la moneda!**

Mete la moneda en el bolsillo a la vez que coges el lápiz

5. Clava el lápiz en el sobre. ¿Cómo has podido atravesar la moneda?

6. Pasa el sobre y el lápiz entre el público para que lo vean bien. Entonces rompe el papel… ¡la moneda no está!

13

La moneda hipnotizada

Cosas que necesitas:

un alfiler

una moneda grande

¡Hipnotiza a una moneda y haz que se duerma!

Realización

El secreto está en que el público
no vea en ningún momento el alfiler.

1. Muestra la moneda al público, sujetando el alfiler por detrás para que no se vea.

2. Mete el alfiler entre los dedos índice y corazón con la cabeza hacia abajo y la moneda delante.

3. Sujeta fuerte el alfiler de manera que la moneda se apoye sobre él y se mantenga vertical.

4. Anuncia que vas a hipnotizar a la moneda. Pasa la varita mágica sobre ella y, mientras, **poco a poco**, ve aflojando la presión sobre el alfiler. La moneda caerá lentamente hacia atrás como si se durmiera.

Deja caer el alfiler al suelo y nadie sabrá cómo has hecho el truco

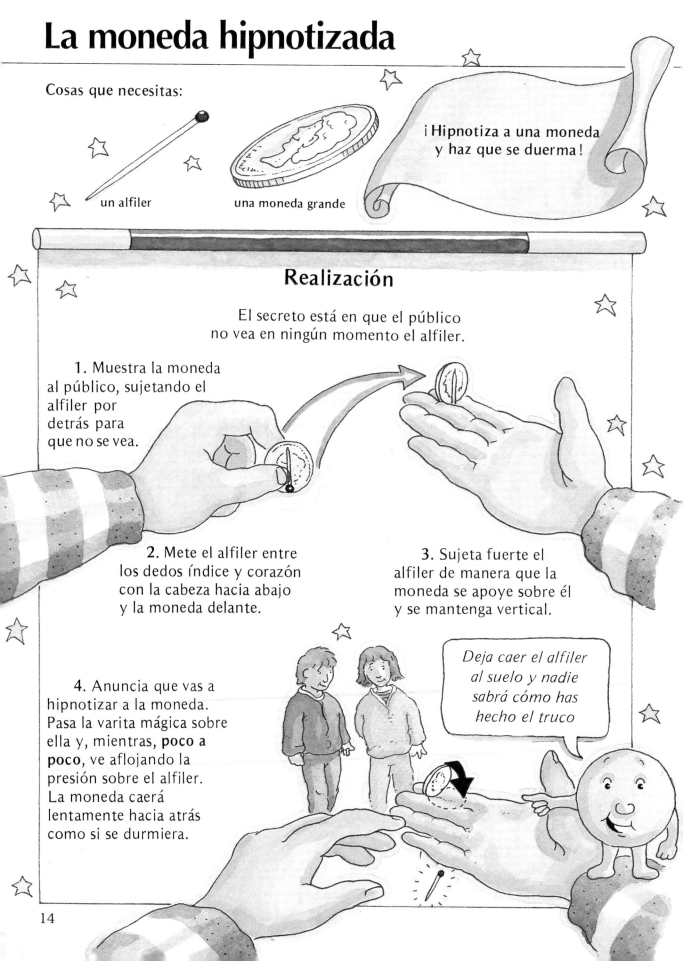

La moneda desaparecida

Cosas que necesitas:

¡Muchísima práctica!

una moneda

Haz que una moneda desaparezca de tu mano.

Realización

Esta forma de hacer desaparecer una moneda puede hacerse sola o como parte de otro truco. Practícalo hasta que resulte absolutamente convincente.

Si eres zurdo usa la mano derecha para sujetar la moneda

1. Sujeta la moneda entre el índice y el pulgar de tu mano izquierda, de forma que la palma de la mano quede debajo.

2. Acerca la mano derecha a la moneda colocando el pulgar detrás y el resto de los dedos delante. Haz como que coges la moneda, pero mientras los dedos de la mano derecha la esconden de la vista del público, **déjala caer a la palma de la mano.**

Abre lentamente la mano derecha... ¡No hay nada!

3. Cierra la mano derecha como si tuvieras en ella la moneda. Mantén la mano izquierda quieta con la moneda escondida en la palma y sujeta con los dedos corazón y anular.

Vacía

La moneda está aquí

Los codos mágicos

Cosas que necesitas: una camisa o chaqueta con cuello.

también tienes que saber hacer muy bien los movimientos de la pág. 15.

una moneda

Haz desaparecer una moneda frotándola con el codo, y consigue que aparezca frotando el otro codo.

Realización

Para hacer este truco tienes que sentarte frente a una mesa.

1. Sujeta la moneda con la mano izquierda tal como aprendiste en la página 15.

La moneda está aquí

2. Acerca la mano derecha a la moneda, pero esta vez no finjas que la coges, sino **cógela de verdad.**

3. Apoya la cabeza sobre la mano izquierda y frota la moneda contra el codo.

¡Oohh!

4. Haz como si se te cayera y deja caer la moneda sobre la mesa. Discúlpate y di que lo intentarás de nuevo.

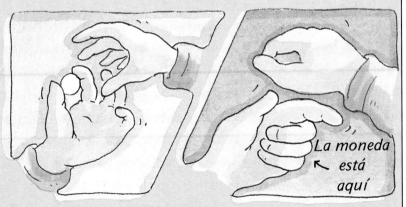

La moneda está aquí

5. Vuelve a coger la moneda con la mano izquierda, y esta vez haz todos los movimientos de la página 15, de forma que la moneda **quede** en tu mano izquierda.

6. Apoya la cabeza en la mano izquierda y frota la mano derecha (como si tuvieras la moneda en ella) contra el codo como hiciste antes. Al mismo tiempo, **deja caer la moneda dentro del cuello.**

Desliza la moneda en tu cuello

Anuncia que ahora harás reaparecer la moneda

Sácate la moneda del cuello

7. Tras unos segundos, deja de frotar y muestra que ya no hay nada en tu mano derecha, ni tampoco en la izquierda... ¡La moneda se ha evaporado!

8. Vuelve a apoyar la cabeza en la mano izquierda y frótate el codo con la mano derecha. Al mismo tiempo, **coge la moneda del cuello y escóndela en la mano izquierda.**

9. Parece que frotándote el codo izquierdo no da resultado, así que di que vas a frotarte el **derecho.** Por supuesto lo harás con la mano izquierda, que es donde tienes la moneda. Tras frotar unos segundos, deja caer la moneda sobre la mesa. ¡Por fin lo has conseguido!

Llovido del cielo

Cosas que necesitas:

una moneda,
mejor si es grande

Haz que caiga del cielo una moneda en la mano de tu amigo.

Realización

Con práctica, este truco puede resultar muy convincente ¡y desconcertante!

1. Coge una moneda en la mano y sitúate frente a un amigo, preferiblemente más bajo que tú. Pídele que extienda la mano.

Dile que vas a contar hasta tres, y cuando digas "¡tres!" tiene que tratar de coger la moneda. ¡Si lo logra se la puede quedar!

2. Levanta la mano por encima de tu cabeza y bájala deprisa sobre la palma de tu amigo.

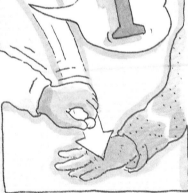

3. Según le pones la moneda en la mano, di "¡Uno!".

4. Levanta otra vez la mano sobre tu cabeza y vuelve a bajarla hasta la palma de tu amigo, diciendo "¡Dos!".

5. Levanta la mano por tercera vez, pero ahora ponte con disimulo **la moneda sobre la cabeza.**

6. Baja la mano, golpea como las veces anteriores la palma de tu amigo y di " ¡ Tres ! ". En ese momento tu amigo cerrará la mano para coger la moneda.

7. Cuando abra la mano verá que no tiene la moneda; entonces, abre tú la tuya y muéstrale que tampoco tienes nada.

8. ¿Qué puedes hacer para recuperar la moneda? Pide a tu amigo que vuelva a extender la mano y que mirándola fijamente diga varias veces con fe: "Vuelve moneda mágica".

Entonces inclina ligeramente la cabeza de forma que la moneda caiga sobre su mano. Mira hacia arriba extrañado, como si no pudieras creer lo que ves.

19

El paquete misterioso

Cosas que necesitas:

una regla

dos cuadrados de papel blanco de 12,5 x 12,5 cm.

pegamento

dos cuadrados de papel rojo de 10 x 10 cm.

dos cuadrados de papel azul de 15 x 15 cm.

Envuelve una moneda en tres capas de papel y después hazla desaparecer.

Preparación

Primero tienes que hacer un paquetito con truco.

Puedes usar papel de otros colores, pero los dos paquetes tienen que ser iguales.

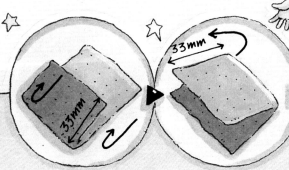

33mm

33mm

33mm

33mm

←33mm→

33 mm

1. Coge uno de los papeles rojos. Dobla un tercio del papel (33 mm.) hacia arriba.

Dobla el otro tercio sobre él. El rectángulo resultante...

...vuelve a doblarlo de nuevo de la misma forma.

Te quedará un paquetito cuadrado de 33 mm. de lado.

2. Coloca el paquetito rojo en el centro del papel blanco. Dobla el papel blanco sobre él igual que doblaste el rojo. Esta vez te tiene que quedar un cuadrado de 4 cm. de lado.

3. Pon el paquete blanco en el centro del papel azul y dóblalo de la misma forma que hiciste con el blanco, de manera que tengas un cuadrado de 5 cm. de lado.

4. Ahora haz un paquete **exactamente igual** con los otros papeles rojo, blanco y azul. Te tiene que quedar del mismo tamaño que el paquete anterior. **Pega las bases de los dos paquetes.**

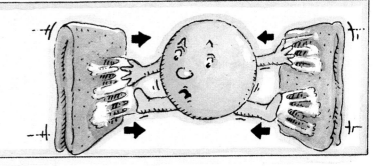

Realización

1. Coloca el doble paquetito sobre la mesa y abre el de arriba, de forma que quede así.

2. Pide una moneda a alguien del público. Ponla en el centro del papel rojo y envuélvela.

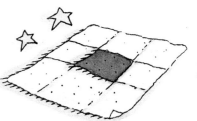

3. Pon el paquete rojo sobre el papel blanco y envuélvelo otra vez.

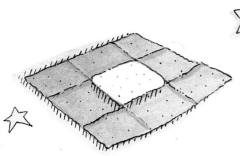

4. Pon el paquete blanco sobre el papel azul y envuélvelo.

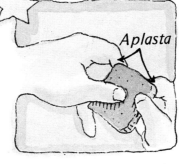

Aplasta

5. Cuando hayas acabado de envolverlo, cógelo y aplasta los bordes con cuidado. Al mismo tiempo **da la vuelta al paquete** de forma que el que está vacío quede arriba. Hazlo descuidadamente y nadie se dará cuenta.

6. Vuelve a poner el paquete sobre la mesa, con la parte vacía hacia arriba. Abre despacio el papel azul, después el blanco. Coge entonces el paquetito rojo y dáselo a alguien del público para que lo abra.

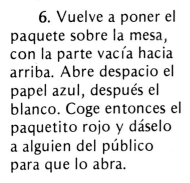

¡Sorpresa! ¡Sorpresa! ¡No hay nada!

21

Las sorprendentes cajas selladas

Cosas que necesitas:

dos cajas de cerillas que quepa una en la otra

un trocito de tela

9 gomas

una moneda pequeña

tijeras

aguja e hilo

Un "pasa-monedas" (ver pág. 24)

Haz que una moneda marcada por el público aparezca dentro de una bolsa metida a su vez en dos cajas selladas.

Preparación

1. Dobla la tela y cósela, de forma que te quede una bolsita. Asegúrate de que se puede meter el extremo del "pasa-monedas".

2. Comprueba que las cosas son del tamaño adecuado.

3. Mete uno de los extremos del "pasa-monedas" en la bolsa y sujétalo con una goma.

El extremo del "pasa-monedas" tiene que caber en la caja de cerillas pequeña

La moneda tiene que pasar fácilmente a través del "pasa-monedas"

Da la vuelta a la bolsa para que la costura quede dentro

La caja de cerillas pequeña tiene que caber en la grande

4. Mete la bolsa en la caja pequeña. Ciérrala y pon cuatro gomas alrededor.

5. Mete la caja pequeña en la grande, de manera que el "pasa-monedas" sobresalga y ciérrala sellándola con otras cuatro gomas.

Métclo en tu bolsillo izquierdo

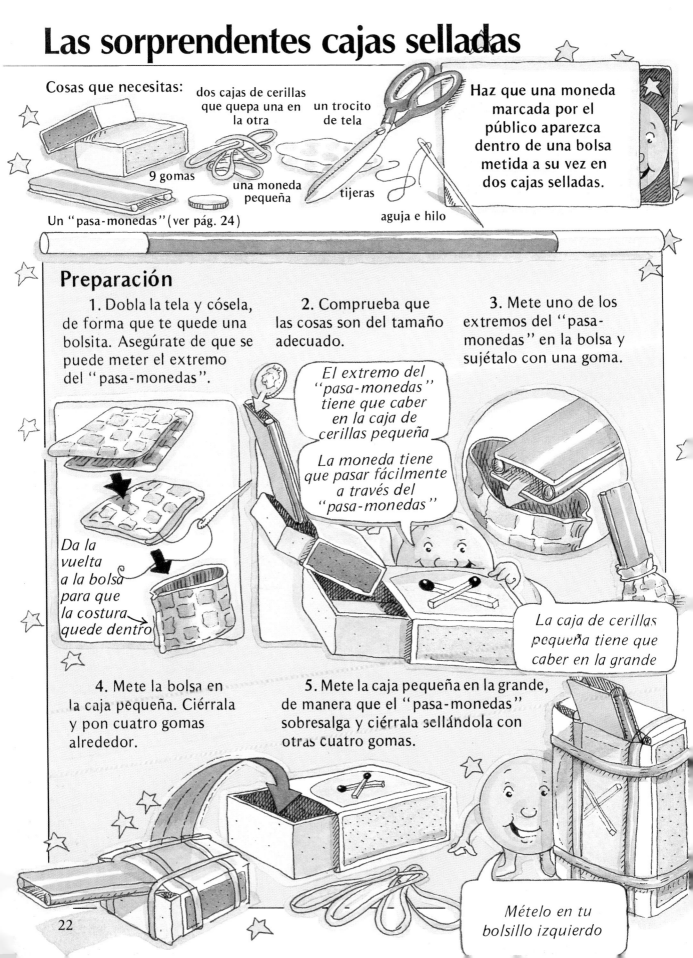

Realización

1. Pide al público una moneda pequeña, que sepas que cabe bien por el "pasa-monedas".

2. Pide al dueño de la moneda que la marque con un rotulador de forma que pueda reconocerla...

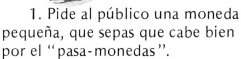

(Ver pág. 15)

3. Haz el truco de la página 15, de forma que todos crean que tienes la moneda en la mano derecha... ¡aunque tú la habrás pasado a la izquierda! Mete la mano izquierda en el bolsillo e introduce la moneda por el "pasa-monedas".

4. Tira del "pasa-monedas". Déjalo en el bolsillo y saca las cajas.

5. Entrega las cajas a alguien del público y abre lentamente tu mano derecha... ¡La moneda ya no está!

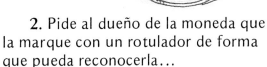

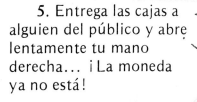

Al sacar el pasa-monedas" las gomas han hecho que se cierren las cajas

¡Fantástico!

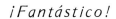

6. Pide a la persona que abra la caja sellada. Dentro se encontrará otra caja sellada y, por último, una bolsita, y **dentro**... ¡la moneda marcada!

Cómo se hace un "pasa-monedas"

Cosas que necesitas:

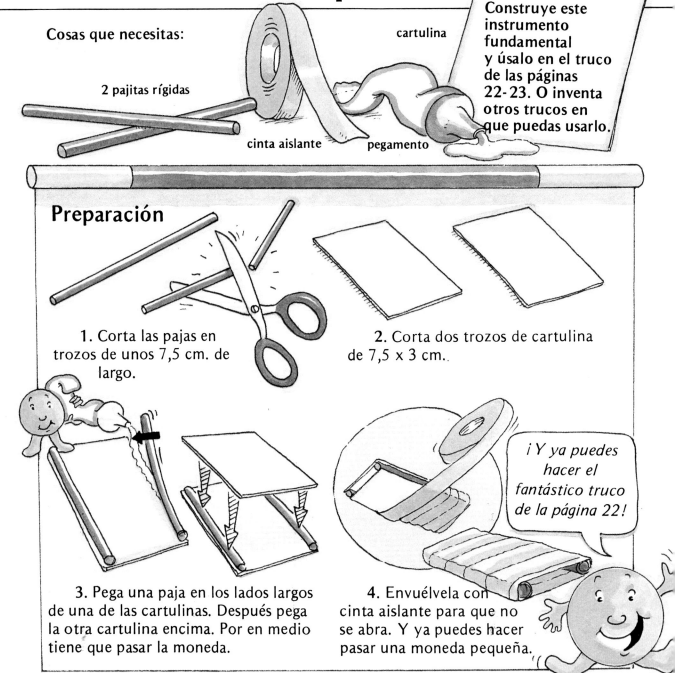

2 pajitas rígidas

cartulina

cinta aislante

pegamento

Construye este instrumento fundamental y úsalo en el truco de las páginas 22-23. O inventa otros trucos en que puedas usarlo.

Preparación

1. Corta las pajas en trozos de unos 7,5 cm. de largo.

2. Corta dos trozos de cartulina de 7,5 x 3 cm..

3. Pega una paja en los lados largos de una de las cartulinas. Después pega la otra cartulina encima. Por en medio tiene que pasar la moneda.

4. Envuélvela con cinta aislante para que no se abra. Y ya puedes hacer pasar una moneda pequeña.

¡Y ya puedes hacer el fantástico truco de la página 22!

Producido para Kingfisher Books Ltd. por Times Four Publishing Ltd.
Publicado por primera vez en 1991 por Kingfisher Books

Editado por Publicaciones FHER, S.A.
Traducido y adaptado por Araceli Ramos
Impreso en los talleres de Publicaciones FHER, S.A.
Villabaso, 9 - 48002 Bilbao

PRINTED IN SPAIN

I S B N: 84-243-2970-8
Depósito Legal: BI-2738-91

Copyright © Times Four Publishing Ltd.
Todos los derechos reservados.
Queda prohibida la reproducción de esta publicación ya sea por impresión, microfilme, fotocopia o mecánico, sin permiso previo del editor.